春天遺落的故事

韓善妃　著

序　春天遺落的故事

這年的春日將近
窗外的花香 逐漸冷涼
微寒的春風 很柔 很細

不為人知的心情 自由跳動著
寫過很多故事 也明白了
繼續要寫的動力 在哪裡

記憶猶新的過往 充斥著
該往 溫暖的地方 停靠

一條迂迴的道路 返回原點
得以驚醒自己 一路負守的 陰
暗或光明 喜與悲 該暫且擱淺

未知的夢境如此平穩 心安
將思緒都匯流成
坦然而深邃的另一種
寫作途經

我會緊握著 飛散在從前的
美妙風光

終將輪迴的 結局裡
我手心裡 燃燒著 一篇篇
春天遺落的故事

韓善妃

目次

084	十二
085	十三
086	十四
087	十五
088	十六
089	十七
090	十八
091	十九
092	二十
093	二十一
094	二十二
095	二十三

輯一 心路

心路

走過世界 在豐富的生命中 遇
見美好 愛不問深淺 漫長人生
路 一心一處 情相牽 追逐夢想

剎那與永恆

你是剎那 我是永恆 要傳達的
意義 卻相同

遺留

關於愛情的傳說　如宿命無從
選擇　風來的時候　將心碎的夢
遺留在　蒼茫的世界

練習

我一直都在 適切地練習 自己
的立場 做自己最勇敢的依賴

理由

而我們不再需要猜測　不斷飛
翔的昨日　無法再透露　悲傷的
理由

停留

請再走近我一步 我將頁頁的
思念 串演為一點一滴的愛 停
留在你的回憶裡

事已故

把故事感動寫下 無關任何結
局 如若相惜 哪怕是不經意 或
在一個轉折點 遇見今世緣

某一天

縮寫對命運的各種光與影 流
淚的時候 避開所有 遭逢意外
或許某一天 你會經過 我們一
起過的 幸福快樂日子

方式

在無常的世界 只能透過 大量
文字 讓傷痛 漫漫癒合

悲傷的時候

悲傷的時候 捉摸不透 心必也
空了 但還有一片思念 擁戴著
唯美長篇

無可替代

日子伏貼著歲月的波紋 人生
悲喜 不停推遠 怒放的宣誓 愛
如流星 最終盡頭在 無可替代
的地方

文思的日子

時間似塵埃 似有非有 未凋的
季節 為落葉填上 平靜的顏色
文思的日子 等風帶來 浪漫的
詞彙

無懼

或武裝 或冷漠 漸漸地 我無懼
於 一再轉身離去

日子

惶然的日子 心情幾近透明 沒
有風的夏季 星星都降落成 一
首首芳香的詩

滿足

遇見或錯過 我們不需要太多
繽紛的夢境 只想成為 彼此 更
好的人

目的

時間沒有荒廢 一天天的日子
是 一連串的嶄新 我們有認定
的目的 但 不必及時前往

如果

如果 回憶是 通往你遠方的 一
盞盞燈 我會隨著 更迭起伏的
季節 向未定的你 流浪

所在

必定有一處 繁花盛開的所在
一場悲傷情節 不捨抹煞含苞
的 愛戀 桃花走過 說好的緣
顛沛流離裡 楓紅在 奔命人間

幸福的顏色

用心動測量距離 彷彿你的方
向 連接著星子的光芒 回憶墜
落 我們都記得的曾經 在我們
前往的旅途 天使已為我們塗
滿 幸福的顏色

我們之間

等待幸福 不心慌 純真的情感
不需要裝飾 我們之間 不必承
受 卻能深愛及被愛

掛心——獻給雙親

走了多久的路 仍然期待 遠方
有你的思念 夜會暖 時間會過
得 更緩慢 關於你 無論過得好
壞 總是一切都會好 在分岔路
的盡頭 那些你教我的事 淡漠
地航行 夢睡睡醒醒 芬芳歲月
待光陰別上 你情思 當世界靜
止在狂喜與悲嘆的時刻 今天
以後和 未來的你 我一樣掛心

愛著

一千種可能和 一萬次宿命裡
有些傷口 不會痊癒 把夢想寫
在 不斷重複的生活 淺淺地愛
著 任何快樂的 難過與難忘

角色

雖然是注定的角色 虛空的一
場漂流中 孤單成影 寂寞成雙
的我們 仍坐擁容身之處

抵達

當星光灑落浮生 任往事 一幕
幕抵達 歲月的河流

勇氣

書寫 吶喊 在偏藍的景色 無法
讓失去的時間 從頭來過 不幸
與失敗 思索生命的缺憾 生活
被迫選擇後 我們只剩勇氣

留下

聆聽 風的旋律 雨中的花蕊 簡
淺訴盡 我們共生的秘密 最初
的無悔 在路過的歲月留下 善
良 感激 希望 微笑和愛

恆常

讓我伴隨在 你的理想國度 生
活像苦悶的貪婪 黃昏的風 依
舊刺痛每一段距離 熟悉的影
子 在廣闊的路上 不曾離開 世
界終究無奈地 恆常飛翔

靠近

尋尋覓覓 最初的期望 一如春
風 不斷復活季節 傷口荒涼如
夜晚的星空 永不到來的是 最
終不可得的 那份渴望 適合寫
綠蔭依舊的城市 向人生的深
深淺淺 一步步靠近

極端

心是柔軟的　被予以的卻是　最
極端的因果

逃

無關生命感傷 面對一切後 才
能往深處裡逃

歷經

給夢一個溫暖的擁抱 愛有些
厚重 情人的眼淚 需要呵護 我
們壯闊的永恆 只是悲歡歷經
過的章回

人生，日常

寂寞是 深夜滑落的雨聲 時間
淪陷 傷口如閨怨的獨白 哀微
地 走過人生 歲月正稀釋 無力
消融的昨日

原貌

每一步 向前的人生 都和時間
對立 死亡原是 荒謬的年華

忘了

忘了所有 對我的意念 我只是
你 不利索的幻覺 或在生生死
死的時間點 被輕輕彈奏的 淚
和雨

永恆

即便傷痕處處 星光依然 無緣
牽動海 而永世的愛戀 不曾遠
離

終究

愛本身是曲折路 看似徒勞 卻
幽怨地守候 來去之間不斷惘
然 終究必然遠行

最好的安排

一心一行 開始了一天 崎嶇的
道路 已被時間 逐一燃點 倘若
這是 無法仗勢的世界 我們會
順從適應 所經過 最好的安排

夢想

在幸福的夢想 不刻意抹去熟
悉 撐起日日新歲 為心事 填寫
充滿陽光芬芳的絢麗

結果

我的思念是 你唯一的風景 我
的愛是 你快樂的詩行 在無常
的歲月 相愛 深愛 花開 也已
結果

遠行

歲月遺下 崩落的 深深遼遠 青
春時光 在回憶中渡過 無法走
回黑暗的遠行

繫走

數一數走過的歲月 霧釀著 逐
漸收緊的時間 風靜靜穿越山
嵐 月光在夜裡 順著風的方向
繫走種種不幸

情操

花開花落是 一再被複製的情
操 分秒必爭的歲月 始終無畏
燦爛天堂 虛幻幽暗地推移 而
夜放走的月光 情深意重地等
候一世未竟的情緣

過去

把過去萎縮在 出乎意想的時
間 淚再也盼不到 期待與呵護
緣起緣滅 總在不經意間 盪漾
愛的漣漪

陪伴

寄予你一篇極短 一生的波浪
始終等待著最初 戀戀你 是與
非 黑與白 對與錯 我懂 你陪
著的天長地久

填滿

愛已達 回憶滿心 萬千風情 待
分明 夢漾的獨白 誑語偏偏 情
感鮮明的流光在一場彩色的
季節 一點一點填滿幸福

宿命

賞與罰 存在與消滅和 不斷往
返的宿命中 我款款的愛慕 在
你前往的路上

珍重再見

冰封往事 再續前緣取代淚 在
一場沒有那麼失望的歲月 寫
上匆匆回憶 無論愛而強大或
脆弱 珍重再見

懷抱

滄桑會無止盡 滿心感謝 生命
中的每一個當下 珍惜每一分
秒 讓愛充滿糖蜜 天無涯 地無
邊 在各自的遠方 懷抱 生生不
息的延續

盼望

思念的源頭 早已飄零 窗外風
景 已旅行的很遠 四季的心跳
聲裡 藏著 悲傷與歡笑的盼望

尋獲

空的飄忽帶走 不知覺的心 當
每一顆流星墜落 再次尋獲你
一首情愁

扮演

在愛情的世界裡 我甘心做 快
樂的 輕輕吐納

速寫悲喜人生

將一切 再次流亡 能說的痛苦
已淡然 雨水聚集 急速飛行的
未來 夢想和願望相擁而泣 人
間的劇場 已換上 微溫的夕陽
紅

經歷

離開苦難和憂鬱 不斷卸下層
層的偽裝 和地表一起經歷 無
知的善良

結局

思念已被深埋 四月輕輕走過
不曾告別的季節 時間在夢裡
尋找 下一個自由的方式 而我
們的故事 早已在餘暉中灰燼

輯二　春天遺落的故事

一

時間放走悲嘆 灼傷的夢魘 寫
下 春天遺落的故事 愛 我已懂
得 握回手掌心裡。

二

涙擺渡金色的思念 字詞與段
落去解讀 惦記許久的憂患 在
天藍色的世界 一場驚心動魄
的詩意 讓春風 永存暮色

三

獨自擁有 飛翔的心事 因為那
潘朵拉的盒子 無人願意開啟

四

情一場 不濃也不淡 彼此思念
夠深 滾滾紅塵 奔赴的是 未知
路 也無妨

五

總有一日 所有的相逢 凋落於
雨季的風景

六

希望你一直都很勇敢 你知道
我們除了彼此 未曾等待下一
個戀情

七

謝謝愛我的你 沒有你 我沒有
要前往的地方 我也把這樣的
你愛的很深

八

你一直都在我無數個巨大的
願望裡 無論你來或不來 我總
會追逐 在你身後 我知道有些
愛情 只能默默期待

九

帶著某些美好回憶 我們情誼
不墜 煙消雲散後 當落日沉落
時 我們紛紛的故事 和四季一
樣 美麗

十

你是我所遇 不抱存期待 往返
天地的慈悲 愛過 且傷過

十一

我們沿著 春天的廢墟 把心傷
都埋葬

十二

不說春天如煙似霧的故事 黃
昏天空下的 玫瑰香氣 雀躍地
等待幽幽目光 太飄渺的許諾
令往事都 消失於 虛無

十三

感謝生命中 相知相惜的你 願
美夢停留在 我們的結局那一
頁 愛若剎那 或永恆 只希望
我們都很好

十四

星星灑落的　微光中　那些情詩
不該受傷　永遠敞開著笑臉　從
中覓得一種　連整個世界都　啞
口無言的　千山萬水

十五

夜和夢的滿天裡　總望不穿　你
深深的思念

十六

如果心已遠 讓夢想離席 之後
的故事裡 願我們能 冰釋 所有
的無奈

十七

遇黑夜 灑落的微光 正如 你我
的故事 難以遺忘的悲涼

十八

茫茫不知身何處 但 牽掛是有
的 我知道 你只記得 這樣的我

十九

任何的相距 凝視的光度 迴旋
再迴旋後 我們可望在絕境處
重逢

二十

人間有情 但未尋著 思念被迫
深埋在 忍著的淚水 無結局 就
此別

二十一

我們相互成為 不凋的心跳 當
落日沉落時 陳舊的往事 再次
轉世向 下一秒時光

二十二

孤獨是負載的心事 航行於 詩
的溫度 而我們的故事 在憂傷
最深處 守候曾經的春天

二十三

春風吹過 新土香草 天空漫漫
地 呼出一口 謎樣的藍 相思滿
手的愛 在流年歲月成了傳奇

二十四

在時間的兩端 漂落下 愛的樂
章 願風吻過 深埋在光度和質
量不滅的美 我們終將是 春天
虛構渙散的情節

二十五

等一場春天 離去的一盞溫暖
的燈 唱著流浪的歌 一段艱辛
的旅程 守候 再次展開的雙翼

二十六

那年的歲月 你沒有留下滄桑
的淚 浪海波起 滿懷的思念 夜
空滑落一顆流星 春天的情 已
熱淚盈眶 幸福是 我終能將你
放在心上

二十七

一次次的徘徊 化作一道彩虹
一場漫長的 告白 隨冷烈的北
風 陌路天涯

二十八

叩響 夢和現實之間的溫度
冷而光的 斷簡殘篇 曾經在青
春裡 無數次經過

二十九

有一輪粉色的春天 深藏於時
間 而我們已在 來生路

三十

愛情是條漫漫長路 或相遇 或
分離 留下的是 永不退變的創
造

三十一

我們說好 一起迷路到 王子和
公主的城堡

三十二

你就是 我會抵達 春天的旅程

三十三

愛來自 無邊的遠方 思念建立
在 後來的風 一心一意 直到
再次相見

三十四

希望你記得的 不只是我的夢
想 還有 我奔馳的心願

三十五

不變的是 我多麼盼望 而你不
曾歸來 我們輕易的諾言急駛
在時光中 讓我漫漫在 春天的
層層細雨 遺忘 許多的傷痛

三十六

一世情愁後 陪伴我們的 依然
是 耗盡半生的思念和 我們深
信不疑的誓言

三十七

塵埃裡的兩情相悅 短暫開展
在 人生的 某一頁歡愉

三十八

沉沉的夜裡 想著你的名 筆和
文字即將喚醒 你的別離 你曾
說 我是你今生 最沉重的行囊

思念鎖住 我們一起時的回憶
有你的路途 好迷茫 為了你 我
會悄悄在你遠處 就算我唯一
能在 每一次起風時 想念你

我不再盼望 你會歸航 將我的
心意 深藏在 你瞬間的遺忘裡
無論多少時間 我不會逃出 有
你的記憶

你曾牽絆的世界是如此美麗
請在永生的別離攜眷我哭過
的淚

一個巨大的夢土上　我的等待
像塵土　早已被時間掩埋　我願
意永留著對你的思與淚　就算
生命的影子　到了歲月門檻的
邊緣　做一個有你的夢　我的世
界　你一直都在

三十九

無法鬆開 你溫暖的手 因為你
是 我最初的依戀 習慣駐足 有
你的 每一個轉角 此刻 在我心
裡 奔馳的是 一段有你的記憶
雖然我不再屬於 你那道星光
我依然在你 漫漫長夜的心中
飛翔 請一定要幸福 在我熱淚
盈眶中 經有我 滿滿的思念 把
心傷都遺忘

四十

風輕輕飛揚後 燦爛的陽光 讓
春天 漫漫甦醒

四十一

季風在 雨絲間 一路跌撞成 愉
悅的風景

四十二

風帶走 屬於世界的夢境 老去
的時光 佈滿破碎的影子 單純
的初心向來 習慣依靠清晰的
傷口 愛與不愛 丈量的是 一段
煙雨 一幀流年

後記

雨後的天藍

將繼續流浪

對生命的真與善

選擇沉默

不面對等於看清

以為的幸福

最有殺傷力

痛過發現

誤讀了 夢想的最初

愛或不愛 又何妨

這世界 很精彩

後記

悔與恨 就留在
不再淚的輕嘆

韓善妃

春天遺落的故事

語言文學類　PG2192　秀詩人47

春天遺落的故事

作　　者 / 韓善妃
責任編輯 / 杜國維
圖文排版 / 周妤靜
封面設計 / 蔡瑋筠

發 行 人 / 宋政坤
法律顧問 / 毛國樑　律師
出版發行 / 秀威資訊科技股份有限公司
　　　　　114台北市內湖區瑞光路76巷65號1樓
　　　　　電話：+886-2-2796-3638　傳真：+886-2-2796-1377
　　　　　http://www.showwe.com.tw
劃撥帳號 / 19563868　戶名：秀威資訊科技股份有限公司
　　　　　讀者服務信箱：service@showwe.com.tw
展售門市 / 國家書店（松江門市）
　　　　　104台北市中山區松江路209號1樓
　　　　　電話：+886-2-2518-0207　傳真：+886-2-2518-0778
網路訂購 / 秀威網路書店：https://store.showwe.tw
　　　　　國家網路書店：https://www.govbooks.com.tw

2019年2月　BOD一版
定價：220元
版權所有　翻印必究
本書如有缺頁、破損或裝訂錯誤，請寄回更換

國家圖書館出版品預行編目

春天遺落的故事 / 韓善妃著. -- 一版. -- 臺北市
　　：秀威資訊科技, 2019.02
　　　面；　　公分. -- (語言文學類 ; PG2192)(秀
詩人 ; 47)
　　BOD版
　　ISBN 978-986-326-656-3(平裝)

851.486　　　　　　　　　　　107022379

讀者回函卡

感謝您購買本書，為提升服務品質，請填妥以下資料，將讀者回函卡直接寄
回或傳真本公司，收到您的寶貴意見後，我們會收藏記錄及檢討，謝謝！
如您需要了解本公司最新出版書目、購書優惠或企劃活動，歡迎您上網查詢
或下載相關資料：http:// www.showwe.com.tw

您購買的書名：_____

出生日期：_____年_____月_____日

學歷：□高中 (含) 以下　　□大專　　□研究所 (含) 以上

職業：□製造業　□金融業　□資訊業　□軍警　□傳播業　□自由業
　　　□服務業　□公務員　□教職　　□學生　□家管　　□其它_____

購書地點：□網路書店　□實體書店　□書展　□郵購　□贈閱　□其他

您從何得知本書的消息？

　□網路書店　□實體書店　□網路搜尋　□電子報　□書訊　□雜誌
　□傳播媒體　□親友推薦　□網站推薦　□部落格　□其他_____

您對本書的評價：(請填代號　1.非常滿意　2.滿意　3.尚可　4.再改進)

　封面設計____　版面編排____　內容____　文／譯筆____　價格____

讀完書後您覺得：

　□很有收穫　□有收穫　□收穫不多　□沒收穫

對我們的建議：_____

_____

_____

_____

11466
台北市內湖區瑞光路 76 巷 65 號 1 樓

秀威資訊科技股份有限公司　　　收

BOD 數位出版事業部

....

（請沿線對折寄回，謝謝！）

姓　　名：＿＿＿＿＿＿＿＿＿　年齡：＿＿＿＿　性別：□女　□男

郵遞區號：□□□□□

地　　址：＿＿＿＿＿＿＿＿＿＿＿＿＿＿＿＿＿＿＿＿

聯絡電話：(日)＿＿＿＿＿＿＿＿＿　(夜)＿＿＿＿＿＿＿＿＿

E-mail：＿＿＿＿＿＿＿＿＿＿＿＿＿＿＿＿＿＿＿＿